油画棒
入门私享课

飞乐鸟 著

人 民 邮 电 出 版 社
北 京

图书在版编目（CIP）数据

油画棒入门私享课 / 飞乐鸟著. -- 北京 ：人民邮
电出版社，2024.4
ISBN 978-7-115-62963-0

Ⅰ．①油… Ⅱ．①飞… Ⅲ．①蜡笔画－绘画技法
Ⅳ．①J216

中国国家版本馆CIP数据核字(2023)第208130号

内 容 提 要

　　油画棒是一种独特的绘画材料，它具有油画的色彩效果和细节表现能力，同时又具备蜡笔的便捷性和易操作性。油画棒可以让我们自由、快速地创作出富有表现力的作品。在实际使用时，油画棒还可以与其他绘画工具如水彩、铅笔、炭笔等混合使用，创造出更加多样化的艺术作品。

　　本书是一本油画棒入门教程书，共包含3章内容。第1章对油画棒的特性、质地和绘制技法，以及如何选择适合自己的油画棒材料等基础知识进行了详细讲解。第2章带领读者绘制10个基础案例，案例简单且易出效果，本书还为这10个案例配了视频教程，读者可同时使用图文步骤教程和视频教程。第3章提供了9张多种风格油画棒作品的赏析图，读者可通过临摹的方式，尝试这些难度更高的作品。

　　本书适合油画棒初学者学习、使用。

◆ 著　　　　飞乐鸟

　　责任编辑　宋　倩

　　责任印制　周昇亮

◆ 人民邮电出版社出版发行　　北京市丰台区成寿寺路 11 号

　　邮编 100164　电子邮件 315@ptpress.com.cn

　　网址 https://www.ptpress.com.cn

　　临西县阅读时光印刷有限公司印刷

◆ 开本：787×1092　1/20

　　印张：4　　　　　　　　　　2024 年 4 月第 1 版

　　字数：128 千字　　　　　　　2024 年 4 月河北第 1 次印刷

定价：39.80 元

读者服务热线：(010)81055296　印装质量热线：(010)81055316
反盗版热线：(010)81055315
广告经营许可证：京东市监广登字 20170147 号

目 录

第 1 章

油画棒的基础知识

第 2 章

用油画棒记录生活

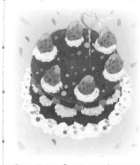

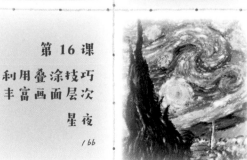

第 3 章

多种风格的
油画棒作品鉴赏

赏析 1
用色块区分花丛的要点 河畔花丛 /72

赏析 2
云层虚实的表现
梦幻星空 /73

赏析 3
立体花朵的刻画
花前月下 /74

赏析 4
临摹印象派作品的要点 日出印象 /75

赏析 5
利用色彩来区分画面空间 浪漫花田 /76

赏析 6
绘制烟花的要点
夏日烟花 /77

赏析 7
立体效果的表现
少女心愿 /78

赏析 8
用刮刀调整树木形状 皓月当空 /79

赏析 9
连续性画面的绘制 夏日天空 /80

第 1 章

油画棒的基础知识

第1课
认识油画棒

油画棒与蜡笔的区别

接色

软硬度

覆盖性

油画棒是一种油性的绘画工具，具有防水、饱和度高的特点，且质地相对蜡笔偏软，因此接色效果更自然，覆盖性也更好，可以模仿出油画的质感。

要点

蜡笔是蜡制画材，饱和度、覆盖性都较弱，但质地偏硬，刻画细节时的表现比油画棒更好一些。

油画棒的类别和特性

油画棒的选择

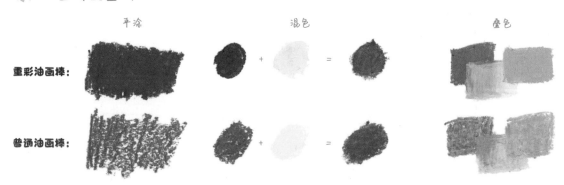

	平涂	混色	叠色
重彩油画棒：		+ =	
普通油画棒：		+ =	

油画棒有普通油画棒和重彩油画棒的区别。重彩油画棒的质地相对更软，更容易塑形和调色，可以很自然地表现出渐变、混色、叠色等效果；普通油画棒更适合速涂。本书的案例所使用的就是重彩油画棒。

用重彩油画棒临摹的莫奈的作品，能表现出油画的厚重感，以及朦胧的色彩氛围。

立体插画

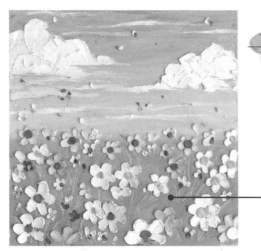

用刮刀制作立体花朵

用刮刀制作树木形状

辅助工具：刮刀

因为油画棒的质地偏软，所以可以直接切下来用刮刀进行调色，还可以用刮刀或手指制作出有立体效果的画面，让画面呈现出更多的可能性，不止于平面上的表现。

选择合适的画材

油画棒的选择

	普通油画棒	高尔乐重彩油画棒	飞乐鸟国色油画棒
平涂效果	一般	较好	好
混色效果	一般	较好	自然
叠涂效果	不太好	好	好
软硬度	⭐☆☆☆ 硬　　软	⭐⭐⭐☆ 硬　　软	⭐⭐⭐⭐ 硬　　软

市面上油画棒的种类和品牌较多，在选择的时候，新手宜挑选质地柔软、适合铺画大色块和塑形的重彩油画棒。这类油画棒在进行渐变、混色和叠色等多种操作时效果较好，能降低新手入门的难度。

本书所用的是飞乐鸟国色油画棒，共24色，色彩浓郁且覆盖力强，质地柔软、涂抹顺滑，能在多种纸张上使用，可很好地完成各类技法。

画纸的选择

油画棒平涂后的色块十分自然

油画棒专用纸

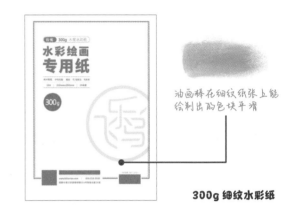

油画棒在细纹纸张上能绘制出的色块平滑

300g 细纹水彩纸

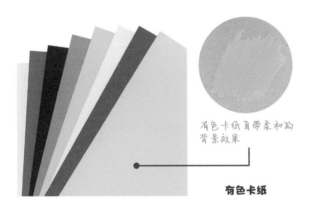

有色卡纸有带柔和的背景效果

有色卡纸

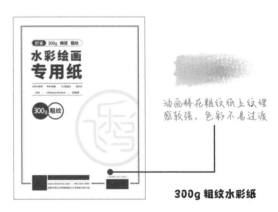

油画棒在粗纹纸上纹理感较强，色彩不易过渡

300g 粗纹水彩纸

> **要点**
>
>
>
> 彩铅纸　　　　　细纹水彩纸
>
> 油画棒不像水彩或者彩铅等画材，绘制时对纸张有特殊要求。它可以在多种纸张上进行创作，只是在不同的纸张纹理上，会呈现出不同的效果，一般纹理越细的纸张越适合描绘细节。

油画棒的辅助工具

刮刀

尖头刮刀

刮刀刀头尖锐

笔触细节展示

尖头刮刀刀头尖锐，能承载的油画棒颜料较少，因此很适合刻画一些画面的细节。颜料越少，笔触越精细，画面看起来就越精致，非常适合绘制小面积元素。

小号圆头刮刀

将三种颜色按顺序挤压在刮刀背面

用力按压后向右侧平移笔头，形成自然的渐变色块

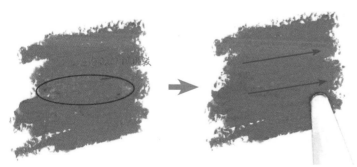

当平涂出的色块不够平整时，可用刮刀轻轻将其刮平

小号圆头刮刀比尖头刮刀刻画的笔触更大一些，应用范围也比尖头刮刀更多，比如利用侧锋按压可以完成色彩的过渡，还可以用刮刀刀头修缮色块提高色块的平整度等。它是所有刮刀里面使用率较高的一种。

🎀 中号圆头刮刀

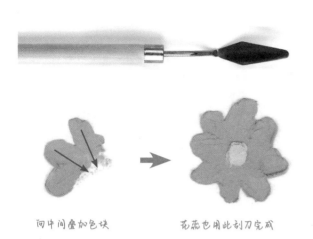

向中间叠加色块 → 花蕊也用此刮刀完成

使用刮刀顺时针绘制，还可用刮刀头适当调整一下色块纹理

左侧的云层就是利用中号圆头刮刀完成的。绘制时注意调整色彩，区分开云朵层次。

中号圆头刮刀的刀头更大一些，能画出更大的笔触，在制作纹理和厚涂的时候很好用，适合在大面积铺画时使用。比如在表现有一定厚度的云层时就可以使用这款刮刀，它还能画一些面积更大的花朵。

🎀 平头刮刀

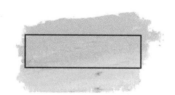

色彩过渡不自然，色块不平整

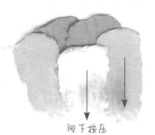

向下按压

向右按压调整色块

平头刮刀质地较硬，可用于平铺背景底色，制作一些特殊的纹理效果，或通过按压调整背景色块的平整度。

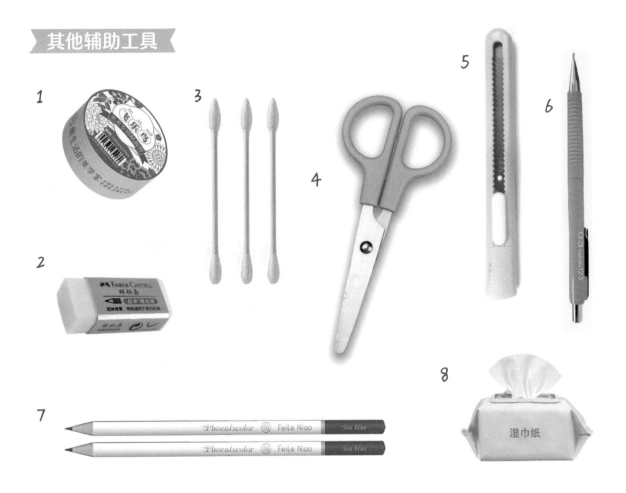

其他辅助工具

1.美纹纸胶带，用于裱纸，保证画纸边缘的平整度，还可用于表现水平线。

2.橡皮擦，用于擦除不必要的铅笔或彩铅痕迹。

3.棉签，用于过渡颜色，让色块过渡得更自然。

4-5.剪刀和美工刀，用于裁剪纸张，制作一些立体插画效果。

6.铅笔，用于绘制线稿。

7.彩铅，用于刻画一些细节，因为油画棒笔触较粗，彩铅可弥补其无法刻画的细节。

8.湿巾纸，用于擦除调色板或刮刀上残留的油画棒颜料；在绘制前用湿巾纸擦拭调色板或刮刀，可减少其上油画棒颜料的附着。

用棉签过渡细节处的颜色，也可用纸笔完成这一操作。

第 4 课
油画棒的绘制技法

握笔姿势和笔触

握笔姿势

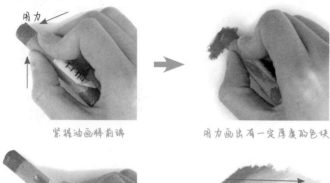

用力

紧握油画棒前端

用力画出有一定厚度的色块

紧握油画棒后端

色彩过渡
柔和均匀

用力铺画出均匀的大色块

油画棒有两种主要的握笔方式：一种是紧握油画棒笔头前端，画出有一定厚度的色块，常用于刻画细节或制作纹理；另一种是平握油画棒后端，用油画棒的一侧铺画底色，用这种方式铺画的色块柔和均匀，适合大面积铺色时使用。

不同的笔触

实线：  力度重

虚线：  力度轻

点：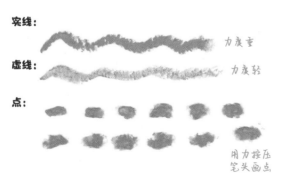

用力按压
笔头画点

要点

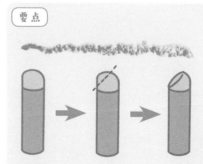

为了绘制细线条，可用刮刀裁切油画棒，让其有一定的棱角后再进行绘制，注意运笔力度不可过重。

用油画棒可直接完成一些点和线的绘制，通过改变运笔的力度来控制线条的深浅和粗细，通过按压笔头可画出有一定厚度的点元素。

平涂和渐变

平涂

厚涂

薄涂

平涂是指直接用油画棒涂出单色色块，包括厚涂和薄涂两种，常用于绘制背景颜色。右图中的背景就是用厚涂的方式完成的，厚涂时要注意涂色力度均匀，才能画出平整的色块。

渐变

先涂出三个不同颜色色块

用手指轻柔涂抹过渡颜色

要点

除了用手指涂抹外，我们还可用棉签进行涂抹过渡，棉签需要挑选稍微硬一点的，这样更便于操作。

用两种颜色的油画棒交叉混色

形成自然的渐变色块

渐变有两种画法：一种是涂画好色块后，用手指将色块抹匀，形成柔和的渐变效果；另一种是用两种颜色的油画棒直接涂抹过渡颜色，两色交叉涂画，从而形成一个自然的渐变色块。

叠色和混色

叠色

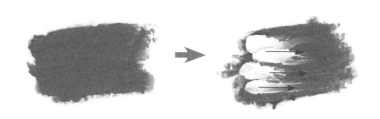

向中间刮出
花瓣形态

除了用油画棒直接叠色之外，在刻画细节的时候我们常用刮刀来进行叠色，因为油画棒笔头较粗，用刮刀更易表现细节，而且还能保留一些刮痕的笔触细节，让画面更有层次和纹理感。

混色

在底色的边缘处涂画新色

再用底色反复在新色色块
上涂画，进行混色

用刮刀取两种
颜色的油画棒
颜料，将其置
于调色板上

继续用刮刀
将两色混合
调色

混色是指两色相互调和出新的颜色，可解决颜色有限的问题。混色的方式有两种：一种是用油画棒直接在纸上进行混色；另一种是用刮刀在调色盘上混色，刮刀可画的细节会更多一些。大家可根据实际情况使用不同的混色方法。

刮画

刮画是指用油画棒在纸上铺一层底色后，再用另一种颜色覆盖在底色上，然后用刮刀或者尖锐的器物如牙签等在颜色上方刮出图案，显露出底层的色彩。这种方法常用于烟花的绘制中，可让烟花的色彩层次更丰富，细节处的色彩更细腻。

上层的颜色也可以是多色的，大家在使用刮画技法时要注意灵活变通。

烟花具体的绘制方式是先给纸面铺一层明黄的底色，再在底色上铺一层以深蓝色为主的过渡色。所有的颜色铺画好后，换用刮刀刮出烟花的形态，注意烟花光线长短要有变化，大小相互交错重叠，才能让其形态看起来比较自然。

先在纸面铺一层明黄色

刮出底层浅黄色

用刮刀刮出烟花的放射状形态

制作特殊的纹理效果

提升画面质感的方法

用平涂法制作横竖纹理

竖向纹理

横向纹理

仙人掌的纹理就是利用此法完成的，只是笔触上有一定的弧度变化

油画棒在平涂时会产生笔触的纹理，我们可通过改变运笔方向、力度来调整这种纹理的形式和效果，比如笔触往同一个方向平涂，会产生竖向或横向的纹理。利用此法可让平涂的色块有一定的纹理感，且色块不会太过平整。

用刮刀制作特殊纹理

块面纹理

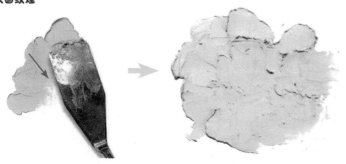

用平头刮刀涂画的时候，可制作出块面的纹理质感。具体的操作方法是使油画棒颜料附着在刮刀背面，在纸上随意画一些色块衔接在一起（不一定是单色的色块，也可以是多种颜色的混合色块），这样可以制作出一种油画的背景质感。

斑驳纹理

利用圆头刮刀轻轻地在色块上水平移动，刮刀上的颜色会在色块上留下斑驳的笔触感，移动时手速一定要快一些，才能形成落笔宽、起笔窄的笔触，这种方法可用于丰富背景质感。

条形纹理

要点

线条断断续续的，呈现出来的画面效果较乱。

条形纹理制作的方法是：先平涂一个完整的色块，再用刮刀从头至尾沿着一个方向刮出条状纹理，这里的刮刀可以使用尖头的也可使用圆头的，其要点是一定要一笔完成，否则会出现断断续续的线条，呈现出的画面效果会比较乱。

要点

波浪形纹理

那波浪形纹理要怎么画呢？

波浪形纹理同样可用刮刀表现，只是某一侧的纹理会更明显一些。

立体效果的制作

用刮刀按压法制作

反复按压直到膏体变得柔软、无多余的硬块

可用手指调整形状

要点

用过的刮刀，可用湿巾纸将其擦干净，再继续作画。

先用刮刀将油画棒切下一小块，在调色板或者纸张上用刮刀将油画棒调和成柔软的膏体，再用刀背撬起颜料，进行按压等操作，即可制作出立体图案元素。

右图中的白色小花基本都是用刮刀完成的。用刮刀来制作，可让画面呈现出立体的效果，让画面更有层次感，刻画时注意花朵的大小要有所变化以及花朵间的前后遮挡关系。

向下按压画出花瓣，顺时针完成花朵的绘制

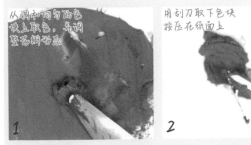

1 从调和均匀的颜色块上取色，并调整好调和形态

2 用刮刀取下色块按压花纸画上

使用刮刀绘制花朵的时候，除了直接取色按压外，还可先在调色盘上将花朵的形态调整好后，再取下色块，按照花瓣层次叠加色块。此法制作的花瓣更有质感，花瓣的形状也更多变，在绘制复杂的花朵时可用此法。

🎀 油画棒打底法

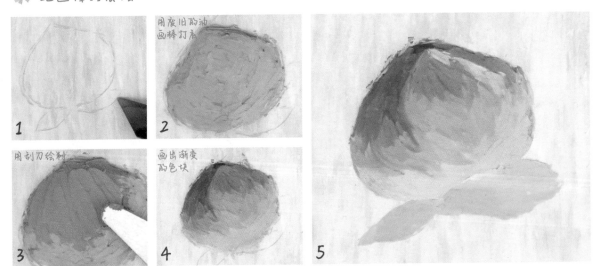

1

2 用废旧的油画棒打底

3 用刮刀绘制

4 画出渐变的色块

5

刮刀还可以和油画棒结合来制作立体效果，比如上面的桃子就是先用油画棒（可以选择废旧的油画棒）铺色，以此垫高主体上色区域的高度，再换用刮刀在其上上色，不断添加新颜色，从而完成立体元素的刻画。

第6课
其他工具的妙用

如何表现规整的边缘

用美纹胶带调整边缘

给天空上色时，先用纸胶带覆盖水面的位置

美纹胶带也称纸胶带，主要用于固定画面四角，让画面边缘保持规整，也能避免油画棒弄脏边缘。它还可用于表现画面中的水平线，如上图中的海面，便是在绘制天空的时候，先用纸胶带固定出海平线位置。

要点

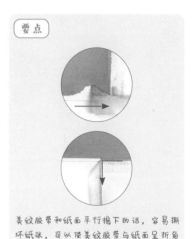

美纹胶带和纸面平行撕下的话，容易撕坏纸张，可以使美纹胶带与纸面呈折角缓慢撕下，这样便能避免破坏画面。

剪纸控制边缘

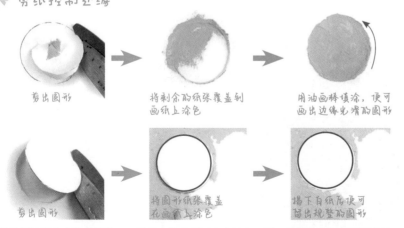

剪出圆形 → 将剩余的纸张覆盖到画纸上涂色 → 用油画棒填涂，便可画出边缘光滑的圆形

剪出圆形 → 将圆形纸张覆盖在画纸上涂色 → 揭下白纸后便可留出规整的圆形

剪纸控制边缘的方法有两种：一种是在镂空的图案内填色；另一种是将剪好的图形直接覆盖在画纸上，避免油画棒涂画到该区域，从而实现留白的效果。这两种方法均可用刮刀适当调整边缘。

要点

用普通A4纸张覆盖后，形成的色块几乎无厚度变化

用300g水彩纸覆盖后，形成的色块较厚

剪纸所使用的纸张尽量选择稍微厚一些的，便于表现立体效果。

细节调整工具

彩铅

用彩铅刻画细节，丰富画面层次。

用彩铅勾勒边缘，提升画面精致度。

因为油画棒的笔头较粗，细节的表现上会相对弱一些，此时我们可换用彩铅来继续细化一些细节。比如上图直接用彩铅绘制雪人的五官和周围的装饰叶子，或用彩铅勾勒蛋糕的边缘，强调其轮廓形态。

白墨水

鲁本斯白墨水

撒点时的笔

在一些画面中，可用白墨水来完善画面细节，比如左图中的星空，就是用白墨水，通过撒点的方式来表现的。这是因为白墨水更具覆盖性，且比油画棒画得更细腻。

第 2 章

用油画棒记录生活

不同于油画棒的柔软质地，彩铅质地较硬且上色时会带起一部分油画棒的底色，因此需要落笔重一些，以确保彩铅的颜色能够留在纸面上，而不是只刮掉了油画棒的底色。

色卡　　　　水红　　　　乌　　　　翠绿　　　　皓白

 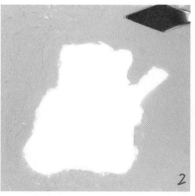 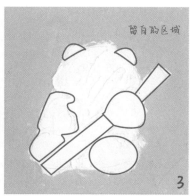

留白的区域

1-3·用水红色油画棒绘制背景。铺完底色后，可用刮刀将底色铺平一些，再用皓白色给大熊猫铺色，将竹子和大熊猫身上黑色的部分留白。

皓白　　　　　水红

注上用笔头尖锐的部分涂画

 乌

4-6·用乌色为大熊猫的耳朵和四肢上色，上色时可适当调整四肢的大小，圆润一些更可爱。

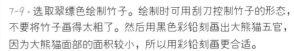 翠缥

7-9·选取翠缥色绘制竹子。绘制时可用刮刀控制竹子的形态，不要将竹子画得太粗了。然后用黑色彩铅刻画出大熊猫五官，因为大熊猫面部的面积较小，所以用彩铅刻画更合适。

水红

10-11·接着用水红色油画棒画出大熊猫脸上的腮红；最后选取绿色彩铅，刻画出竹子上的纹路和竹叶。

花丛以小碎花为主，铺画时一定要注意表现出花丛的层次感，可先确定几朵主要的大白花的位置，再在它们周围添加不同的颜色花瓣，利用颜色的冷暖变化区分出花瓣的层次。

色卡

皓白　　卵色　　秋水蓝　　水红

丁香紫　　绀色　　青莲

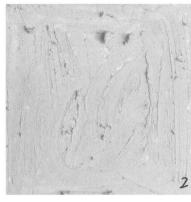

卵色

1-2·先用卵色将画布的范围圈出来，再往内平涂颜色。然后用刮刀或者手指将颜料抹平，方便后续叠加其他颜色。

花瓣形状

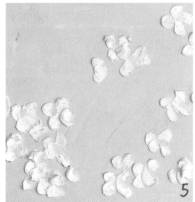

皓白

3-6·用皓白色按压点涂绘制花朵，注意白色小花的疏密关系：大一点的白花主要集中在左侧；右侧的白花整体较小，且有些花朵只需表现局部即可。

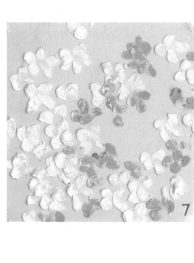

 丁香紫 青莲

7-8·用丁香紫色点涂出紫色小花，然后选取青莲色加深、点缀紫色花朵。紫色的部分面积可以小一些，且多以花瓣的形式出现。

 皓白　　　　 秋水蓝　　　　水红

9-12·选取秋水蓝色和少量皓白色调和成浅蓝色，用小号圆头刮刀绘制蓝色的花朵。注意蓝色的花朵覆盖面积更小。再选取水红色点缀画面。用刮刀将皓白色碾压成膏状，然后用刮刀刀背尖撬取颜料，按压在纸面上制作花瓣为五瓣的立体小白花。

稀疏且花小

绌色

皓白

13-14·用刮刀蘸取皓白色依次画完最上层的小白花，注意疏密分布。接着用绌色制作小白花的花蕊部分，先从油画棒上切下颜料，将其戳成小圆球，再用刮刀把小圆球按压在花蕊处。

15-16·最后用深绿色和黄绿色彩铅绘制花丛中的小草，完善画面细节。

第 **9** 课 云朵层次的表现方法
梦幻天际

云朵的层次主要是通过颜色来表现的：靠近光源的部分用浅色，越往内颜色越深，最内侧远离光源，靠近偏冷的海面，此时可直接用偏冷的粉紫色和蓝紫色表现。

·色卡·　　湖水蓝　　晴蓝　　黛蓝　　青莲　　秋水蓝

赤　　丁香紫　　迎春黄　　水红　　皓白

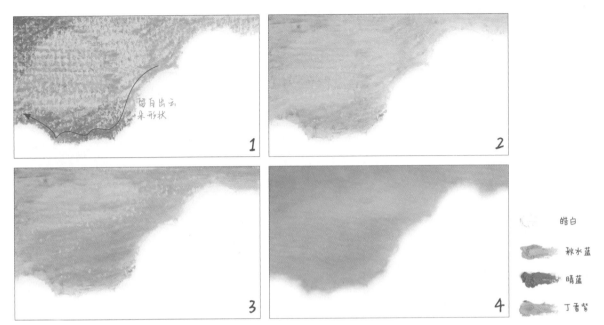

1-4·用秋水蓝色平涂天空，左上角和云朵的上方叠加晴蓝色丰富颜色，接下来用皓白色平涂覆盖住刚才的蓝色，再在天空右边加上一些丁香紫色，用手指把颜色涂抹均匀。

皓白

秋水蓝

晴蓝

丁香紫

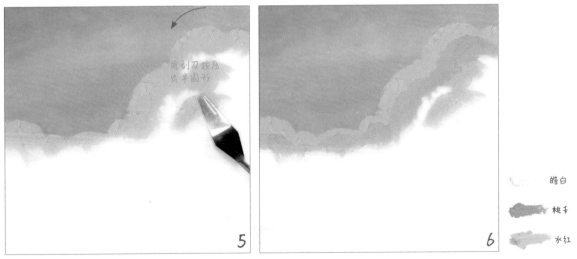

5-6·取水红色油画棒颜料，用圆头刮刀把它按压柔软，再将颜料集中在刮刀的头部，按压在画纸上，注意云朵的大小变化。接着在第一层云朵的下方，叠加上桃天色、水红色和皓白色调和出的粉紫色云朵。

皓白

桃天

水红

水红

赤

7

8

9

青莲　　　　皓白

水红　　　　赤

7-9 · 将纸胶带提前粘贴在云朵下方，固定出海平线的位置。用水红色加赤色调出粉色，叠加在粉紫色云朵下面。接下来叠加第四层赤色云朵。再用青莲色加皓白色调成浅紫色，画在赤色云朵的左下方。

用剪纸的方式绘制刺月亮

10

11

皓白

迎春黄

水红

10-11 · 利用剪纸的方式，用迎春黄色画出月亮。接着用迎春黄色加皓白色，调出淡黄色，将其加在云朵的最外层。再取淡黄色和水红色，用尖头刮刀在云朵的左侧加上一些小的云朵，然后用手指涂抹一下。画完云朵后撕下纸胶带，海平线平直，准备绘制下方海面。

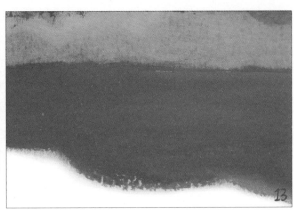

12-13 · 绘制前，再次将纸胶带上移，使其下边缘与海平线平齐，再用黛蓝色平涂海面，中间叠加一些水红色，海的边缘处衔接一些晴蓝色，铺好颜色后用手指涂抹过渡。

晴蓝　　水红　　黛蓝

赤　　秋水蓝　　水红

14-16 · 用秋水蓝色画一些起伏的波纹，用水红色平涂沙滩的部分，接着用赤色在沙滩上画一些浪花的投影，再用手指把颜色涂抹一下。

17-18 · 用皓白色绘制一些起伏的白色波浪，在浪花的边缘叠加一些湖水蓝色。并用赤色加深海浪边缘。

 赤

皓白

 湖水蓝

19-20 · 用白墨水撒上小白点，白点不宜太多，最后小心地撕下纸胶带，调整海平线处的颜色，再用丙烯在海面画上一些小星星，整张图就完成了。

第 **10** 课 从古画中学习配色方法
青绿山间

千里江山图的原配色以蓝绿和黄色为主，只是古画中的黄色更沉稳，偏向土黄。我们在临摹的时候，同样以蓝绿色和黄色作为画面主色，但色彩可更清新明快一些；另外，绘制时色彩涂画的位置尽量与原画一致，比如深蓝绿色同样都集中在山顶的位置。

（色卡）　皓白　　　缃色　　　酡颜　　　迎青黛　　　玉簪绿

　　　　　翠缥　　　赭　　　秋水蓝　　　晴蓝　　　鷿蓝

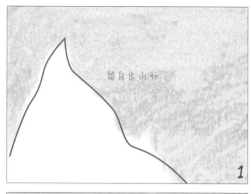

留白出山形

皓白

酞赭

缃色

1-3 · 用缃色平涂天空的上半部分，笔触稀疏一些，用酞颜色衔接在天空的下半部分。再用皓白色覆盖在已涂好的颜色上方，然后用手指涂抹过渡，让色彩衔接得更自然、柔和。

迎春黄

缃色

玉簪绿

翠缥

4-5 · 用玉簪绿色加翠缥色调出浅绿色，然后用刮刀画在山峰的上半部分。接着，在刚才的浅绿色里加入迎春黄色，调成黄绿色，叠加画在刚才的颜色上面，再用手指涂抹一下。继续在下方衔接上缃色，注意山峰的缝隙之间可以多一些留白。

6-7 · 左下角的山峰下面涂上赭色，丰富山峰底部的颜色。接着，用皓白色把缃色和赭色全部覆盖住，以便后续涂抹时降低色彩的饱和度。

皓白　　赭　　缃色

手指涂抹降低黄色饱和度

8-9 · 用手指把颜色涂抹均匀，再换用玉簪绿色、迎春黄色和秋水蓝色调和出蓝绿色，用刮刀取蓝绿色按压在山峰的上面，并用手指涂抹过渡。接着用晴蓝色画在山峰的顶部和边缘，明确山峰的走势。

玉簪绿　　秋水蓝

迎春黄　　晴蓝

10-12·将秋水蓝色与皓白色调和，用刮刀叠画在晴蓝色的上方。然后用刚才调出的蓝绿色画在画面的中间表现远山，叠加一些秋水蓝色，再用皓白色将其覆盖住，接着用刮刀对山峰进行提亮。

皓白　　　晴蓝　　　秋水蓝

13-14·用皓白色画出云朵。天空上方的云朵，可用手指涂抹得虚一些。再用刮刀画上太阳，并在后方的山峰之间刮上一些云。最后用绯色局部提亮山峰的亮部，用尖头刮刀取黛蓝色点画出山峰上的植物。

皓白　　　黛蓝　　　绯色

油画棒立体感的表现方式并不固定，有用刮刀完成的，也有用手直接按压而成的。本图中生日蛋糕上的奶油、草莓和蜡烛均使用尖头刮刀表现，而蛋糕上的圆形小点则是直接用手揉戳油画棒颜料、直接按压制作而成的。

色卡				
玉簪绿	迎春黄	水红	赤	柘黄
丁香紫	酞荷	青莲	群青	绀色
皓白	晴蓝	黛蓝		

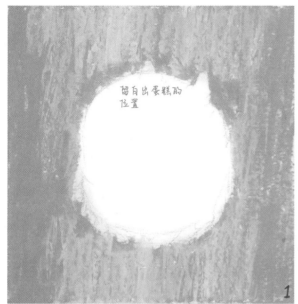

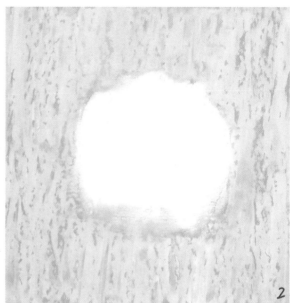

1-2·用丁香紫色平涂在蛋糕的周围，留白出蛋糕的位置。底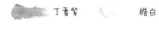
色铺画好后，在上层覆盖上一层皓白色，调和背景颜色。

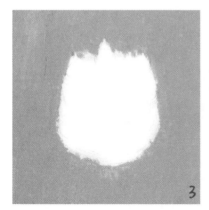

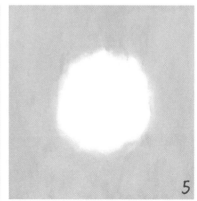

3-5·用手指将色彩涂抹均匀，再在此基础上加入一些酡颜色，让背景的颜色变得粉
嫩一些。接着覆盖一层皓白色，用手指轻柔地涂抹过渡。

6-7·用晴蓝色平涂蛋糕坯，留出草莓的部分，转折处用黛蓝色加深，用手指把颜色涂均匀。

 晴蓝　　黛蓝

8-9·在皓白色中加迎春黄色，调出浅黄色，用尖头刮刀画在草莓的下方。接着在蛋糕边缘加一层奶油，中间的奶油体积大，越往两侧奶油体积越小。

 皓白　　迎春黄

10-11·在水红色中加赤色，调成粉色，用刮刀画出草莓。接着用尖头刮刀把水红色画在草莓的顶部，用赤色点上草莓籽。在蛋糕坯侧面加入青莲色，区分正侧面。

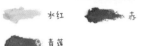

水红　　赤

青莲

12-13·用皓白色调和水红色画出蛋糕花边，用赤色画上小爱心。用缃色画蛋糕花边的上方。

缃色　　皓白

水红　　赤

利用刮刀笔触
表现奶油的褶
皱感

14-16·在手指上沾上水,运用水油不相容的原理,用打湿的手把油画棒颜料搓成球体,此时色块不会黏在手上。取玉簪绿色、赤色、水红色颜料,将其搓成球体,按压在蛋糕上。再用刮刀把柘黄按压得柔软一些,画在蛋糕的右边;再用迎春黄画出蜡烛的亮光部分。

迎春黄　　　柘黄　　　水红　　　玉簪绿　　　赤

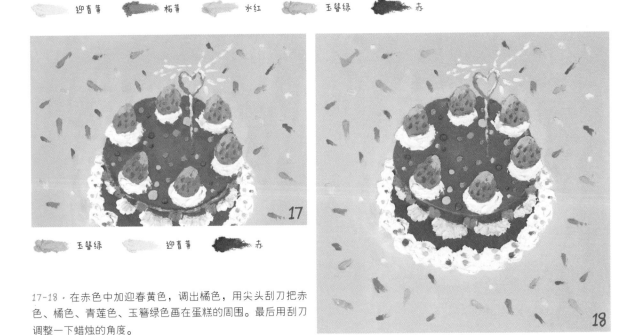

玉簪绿　　　迎春黄　　　赤

17-18·在赤色中加迎春黄色,调出橘色,用尖头刮刀把赤色、橘色、青莲色、玉簪绿色画在蛋糕的周围。最后用刮刀调整一下蜡烛的角度。

第 **12** 课 轻薄质感花瓣的表现方法
虞美人

表现轻薄的花瓣时，可将油画棒颜料集中在圆头刮刀的前端，接着将颜料按压在底色上。绘制时，越往中间，力度越小、颜料越少，花瓣就会有从厚到薄的变化，以此表现出其轻薄的质感。

色卡

迎春黄　缃色　柿　赤　秋水蓝

桃夭　翠缥　玉馨绿　翠微　沉香

1-3 · 先用秋水蓝色平涂整个画面，接着再覆盖一层皓白色，把两个颜色均匀地揉在一起，调和出柔和的浅蓝色。如果第一次颜色没调和到适合的程度，可继续加入皓白色调色。

 秋水蓝 　　皓白

 翠缥 　玉簪绿

沉香 　翠微

4-6 · 用玉簪绿色和翠缥色画出底层的叶片，接着用翠微色叠加在上面，丰富叶片的层次，叠加时注意叶片的高低起伏关系，最后用沉香色和翠微色画出花茎。

皓白

沉香

翠微

迎春黄

桃夭

7-8·用沉香色和翠微色画出高低错落的花骨朵，再留一部分枝干画盛开的花朵。在皓白色里加入少量的桃夭色，调和出浅粉色画出花朵；再加少许迎春黄色调和出浅黄色，点缀其上。

柿   绯色   赤

皓白   迎春黄

9-11·在柿色中加入绯色，调和出橘色画出花瓣；接着加入皓白色，画出其他深浅不一的花瓣颜色。在迎春黄色中加入皓白色调出黄色花朵的底色，然后在中间加入橘色花瓣，丰富花朵的层次。用赤色画出右下角红色的花朵底色，中间加一些黄色的花瓣。最后用绯色画花心，中间点上迎春黄色，注意黄色的花朵要用皓白色画出花心。

赤
沉香
柿
缃色

12-13 · 在花心的外围用尖头刮刀点上柿色，丰富花心的细节。在花心的中间点上沉香色，用缃色和沉香色点缀花骨朵，还可加入赤色丰富部分花骨朵的色彩。

缃色　　翠微

14-15 · 在叶片上加上一些缃色，营造出被阳光照耀的感觉。最后用翠微色加深一下叶片，丰富其层次。

第 **13** 课 冰沙质感的表现方法
甜甜的刨冰

冰沙的颗粒质感比较细腻，刻画的时候主要使用尖头刮刀一点点添加颜色，表现冰沙堆叠的饱满感，添加的颜色主要以糖浆的橙色为主。冰沙的白色受到环境色影响会有一定的色彩倾向，因此多用浅黄或浅棕来表现其转折处。绘制美食类作品时尽量少用偏冷的蓝紫色表现阴影，以免影响其美味的表达。

色卡

迎青黄　　　緗色　　　柿　　　沉香　　　柘黄

酡顿　　　皓白　　　赭　　　晴蓝　　　秋水蓝

青莲　　　黛蓝　　　翠微　　　翠缥

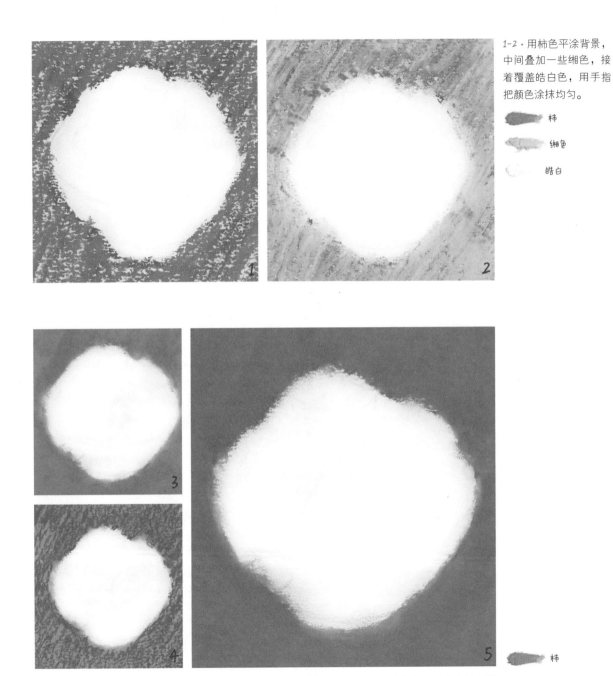

1-2·用柿色平涂背景，中间叠加一些缃色，接着覆盖皓白色，用手指把颜色涂抹均匀。

柿

缃色

皓白

柿

3-5·因为第一遍涂出的颜色不够深，所以需要再叠加一层颜色。取柿色平涂在底色上，涂色的时候笔触可以稀疏一些，不要涂得太满，这样后续涂抹晕染时色块才能更均匀。

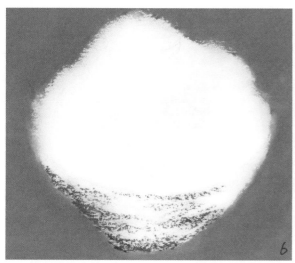

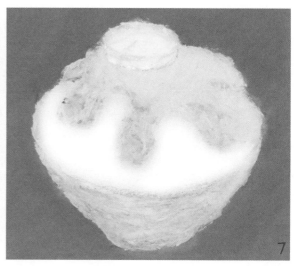

6-7·用柘黄色平涂一些稀疏的笔触，接着在主体物上平涂一层皓白色，并用秋水蓝色加深边缘处上方的奶油也是同样的画法。绘制最上方的奶酪时，先用迎春黄色平涂一遍底色，再用秋水蓝色加深边缘即可。

皓白　　柘黄　　秋水蓝　　迎春黄

8-9·用刮刀把绯色画在奶酪的侧面，加重颜色，再在奶酪顶部点上一些皓白色。在刨冰上点上绯色、柿色、柘黄色，用纸笔把奶酪、奶油、刨冰、碗上的颜色都涂抹柔和。

柘黄　　柿　　绯色　　皓白

柿	缃色	酡颜
沉香	柘黄	皓白

10-12 · 在奶酪的中间点上柿色，用纸笔涂抹一下，再点上一些缃色。用尖头刮刀调和柘黄色和柿色，刮在奶酪的侧面；将酡颜色点在奶酪的上方作为坚果，下方点上柿色当作坚果的阴影，并点上皓白色作为高光。接着用尖头刮刀在奶油和刨冰的上方涂上一些皓白色作为亮部。用刮刀把沉香色点在奶油和冰沙缝隙处，再点上一些柿色和缃色调和出的橘色。

13-14 · 刨冰的暗部也可以用柿色和缃色调和的橘色加深一下，接着用尖头刮刀在刨冰上面覆盖一些皓白色。再用尖头刮刀点画出坚果，缃色作为其底色，在亮部点上迎春黄色，在缝隙之间再点上一些柿色。

迎春黄	柿	缃色

15-16·用尖头刮刀取翠微色画出绿叶的底色，再在上面叠加一些翠缥色。接着用刮刀刮出叶脉的纹路。用沉香色画出后面的巧克力棒，用赭色画出亮部，增加立体感，再用晴蓝色画出碗的纹路。

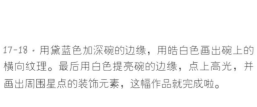

17-18·用黛蓝色加深碗的边缘，用皓白色画出碗上的横向纹理。最后用白色提亮碗的边缘，点上高光，并画出周围星点的装饰元素，这幅作品就完成啦。

第14课 用刮画法表现烟花的绚烂

绽放的烟花

先铺好底色和天空的颜色，利用刮刀刮出烟花的轨迹线条，刮掉上层颜色后透出底色，在丰富画面色彩层次的同时，也能降低烟花的绘制难度。刻画时可挑选小号的尖头刮刀，这样画出来的线条粗细更合适。

色卡

皓白　　　缃色　　　迎春蕾　　　柿　　　桃千

赤　　　秋水蓝　　　晴蓝　　　青莲　　　萤蓝

1-2· 用缃色平涂大部分画面，主要在右上角铺色，接着以打圈的形式涂抹开。

 缃色

黛蓝色

秋水蓝色

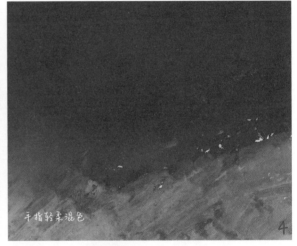

手指轻柔混色

青莲　　蛍蓝

晴蓝　　秋水蓝

3-5· 将黛蓝色涂在天空的左上方，接着衔接晴蓝色，晴蓝色的面积要多一些，中间加上一些青莲色，再在天空的左下方衔接秋水蓝色，用手指抹匀颜色后再加入黛蓝色和秋水蓝色调整天空的颜色。

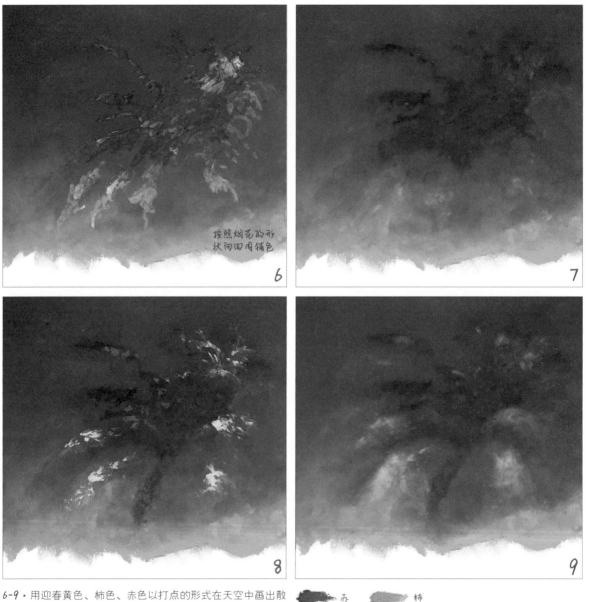

按照烟花的形
状向四周铺色

6

7

8

9

6-9・用迎春黄色、柿色、赤色以打点的形式在天空中画出散
开的烟花，用手指将其涂抹开。第一层颜色太浅，用刮刀再涂
一些迎春黄色和赤色，丰富颜色，然后用手指涂抹开，让颜色
过渡得柔和、自然。

赤　柿

10-11·定出烟花的两个中心点，以这两个点为中心，用尖头刮刀刮一些长短不一的线条。左边的烟花面积更大，线条更多；右边的要小一些，形成对比。用黛蓝色画出山的形状，上面加上一些晴蓝色提亮，增加立体感。

 晴蓝　　 黛蓝

 晴蓝　　　　迎春黄

12-13·先用晴蓝色铺一遍湖面底色，接下来用尖头刮刀在烟花的中心画一圈迎春黄色，周围也画一些明显的火花形态，最后在山尖上加一些迎春黄色的亮光。

提亮中心颜色

迎春黄   桃天

赤   柿

皓白

14-16·用刮刀取柿色、赤色、桃天色等围绕烟花中心画一些散开的笔触。用迎春黄色在湖面点缀一些光斑。接着在烟花中心和周围处用皓白色加一些亮光，最后用白墨水撒上小白点。

可用刮画法在画面中表现砖瓦之间的缝隙，因为砖瓦的面积较小，用油画棒直接刻画会比较困难，适合使用刮刀来画。

色卡

水红　玉髓绿　迎春黄　柘黄　缃色　皓白

翠缥　翠微　赤　乌　秋水蓝　沉香

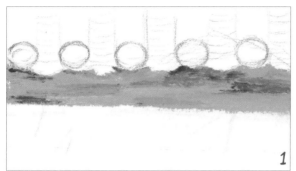

1

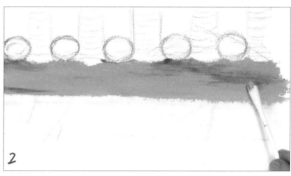

2

玉簪绿 翠微 秋水蓝

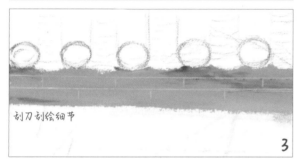

刮刀刮绘细节

3

1-3·先用玉簪绿色平涂在屋檐的下面,接着在玉簪绿色的上方叠加一些翠微色和秋水蓝色,用棉签把颜色稍微晕染一下,保留一部分纹理感。接下来把直尺靠在画面上,用尖头刮刀贴着直尺刮画出一些砖块的纹路。

4

5

柘黄 缃色

有一定弧度的瓦片

6

4-6·用柘黄色平涂房檐,并用手指涂抹均匀,再用尖头刮刀刮一些缃色作为屋檐的亮部和屋檐前端的瓦片。

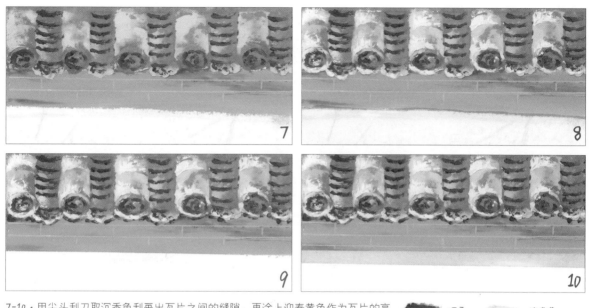

7-10·用尖头刮刀取沉香色刮画出瓦片之间的缝隙，再涂上迎春黄色作为瓦片的高光。用尖头刮刀取一些翠微色涂画瓦片下方的暗部，表现其在砖面上的投影。接下来撕掉纸胶带，遮住绿色的瓦片，下方再加一条纸胶带，中间涂满迎春黄色，最后撕掉纸胶带。

沉香　　迎春黄　　翠微

平指抹匀

赤

11-12·取新的纸胶带贴在砖墙的上边缘，平涂赤色，然后用手指涂抹均匀，让红墙的颜色变得柔和，没有明显的笔触痕迹，涂抹完后轻轻撕掉纸胶带。

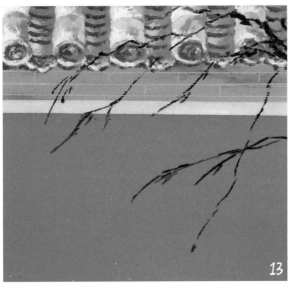

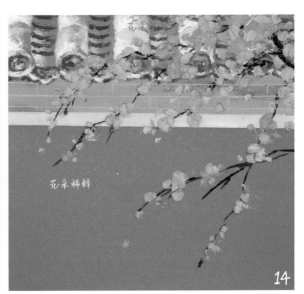

13-14·把乌色油画棒的笔头用刮刀切出一个锋利的笔头，画出纤细的枝条。取水红色加赤色调和成粉色，用圆头刮刀画在比较粗的枝条上，色块可以大一些。接下来取水红色叠加在上面。

乌　　赤　　水红

水红　　皓白

15-16·取皓白色，用圆头刮刀在画面的右上角画一些白色的花朵，再取水红色，在红墙上添加一些散落的粉色小花瓣。

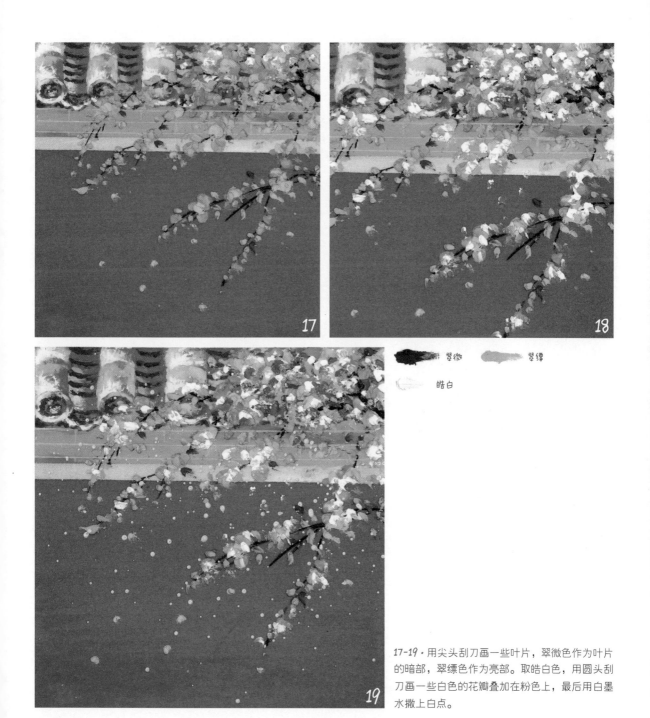

17 18 19

翠微　翠縹

皓白

17-19·用尖头刮刀画一些叶片，翠微色作为叶片的暗部，翠縹色作为亮部。取皓白色，用圆头刮刀画一些白色的花瓣叠加在粉色上，最后用白墨水撒上白点。

星夜这张作品主要是靠笔触堆叠刻画完成的，在绘制时要注意第一次铺画整张作品底色时，油画棒的笔触可以稀疏一些，可以留白出一些纸纹，方便后续叠涂新色时保留笔触效果。

色卡

玉簪绿　　翠缥　　迎春黄　　缃色　　柿

秋水蓝　　晴蓝　　鲜青　　　蟹蓝　　翠微

春　　乌　　皓白

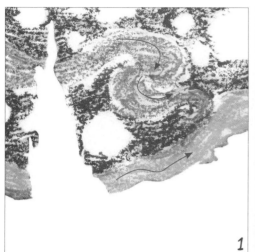

	黛蓝
	玉簪绿
	翠微
	晴蓝
	群青

1-2·用群青色平涂夜空，留出云朵和星星的部分，笔触稀疏一些。接着用晴蓝色平涂云朵，笔触方向与天空保持统一。用翠微色平涂出前景的树，用群青色和玉簪绿色涂出右边山峰和树丛，再用黛蓝色加深大树的左右两侧。

3-4·用黛蓝色加深一下云朵的边缘，用玉簪绿色平涂星星和月亮的边缘。接着用晴蓝色以点状的笔触画在天空的部分，云朵的部分也用秋水蓝色叠加一层颜色，大树的两侧再叠加一些秋水蓝色，丰富层次。

| 晴蓝 | 黛蓝 |
| 玉簪绿 | 秋水蓝 |

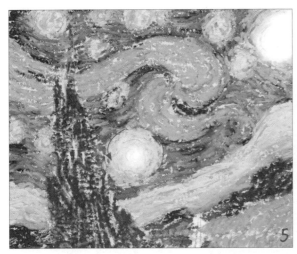

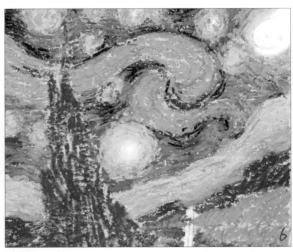

乌　　皓白

5-6·用皓白色在星星和月亮的周围叠加一层白色，覆盖在绿色
边缘上方。接着用乌色加深云朵的边缘，强调一下云朵的形态。

盖加清晰
的笔触

皓白　　群青　　黛蓝

7-8·取皓白色用刮刀在星星的边缘画一些白色的笔触。接着
用群青色和黛蓝色丰富云朵的颜色，并加上一些白色笔触，丰
富层次。

9-10·用迎春黄色平涂星星和月亮，接下来用尖头刮刀把绀色点在星星的中间和月亮上，然后调和绀色和柿色，点在星星的中心和月亮的边缘。用乌色勾勒山峰的边缘，并在大树上也平涂一些乌色。

迎春黄　　　绀色　　　柿　　　乌

11-12·继续在大树上平涂一些乌色，可以留一些绿色的底色。接着用翠微色、赤色、翠缥色在上面画上一些线条，表现出明确的笔触感。最后再用皓白色点上一些白色的线条，区分层次。

皓白

翠缥

赤

翠微

乌

13-14·用刮刀把乌色油画棒切出一个比较锋利笔头，勾勒出树林和房屋的形状。接着用秋水蓝色、赤色和缃色画一些色块，丰富房屋的层次。

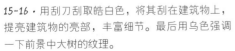

15-16·用刮刀刮取皓白色，将其刮在建筑物上，提亮建筑物的亮部，丰富细节。最后用乌色强调一下前景中大树的纹理。

第3章

多种风格的油画棒作品鉴赏

用色块区分花丛的要点　河畔花丛

当花丛中花朵的类型较多且色彩丰富时，可以利用色彩的饱和度和色相来区分前后关系：比如靠前且居中的花朵色彩更鲜亮，多用亮红色和白色表现，且笔触更细腻；两侧和后方的花朵色彩偏灰一些，多用蓝紫色表现。

色卡

青霭	暮山紫
皓白	夕岚
天青	湖水蓝
桑葚	海棠红
玉簪绿	群青
苍苍	翠微

线稿

云层虚实的表现　梦幻星空

云层的虚实变化主要利用色彩的深浅和云层的形态来表现：云朵前方的颜色较深、偏向于玫红色，越往后云层的颜色越浅；形态上越靠前的云层边缘越清晰，越靠后的云层边缘越模糊，色彩过渡越柔和，可以多用手指涂抹过渡，以表现柔和的效果。

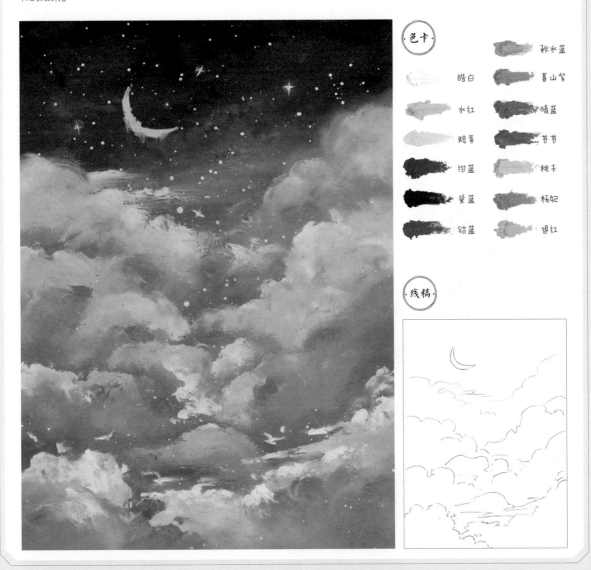

色卡

			秋水蓝
	皓白		暮山紫
	水红		晴蓝
	鹅黄		苍苍
	绀蓝		桃夭
	黛蓝		杨妃
	钴蓝		退红

线稿

立体花朵的刻画　花前月下

立体花朵的刻画，可用不同型号的刮刀来完成。靠前的、体积较大的花朵，可用稍大一些的刮刀完成；飘散的、面积较小的花瓣可用尖头刮刀完成，注意刻画的时候色彩要有变化，这样才能区分出花丛的层次。

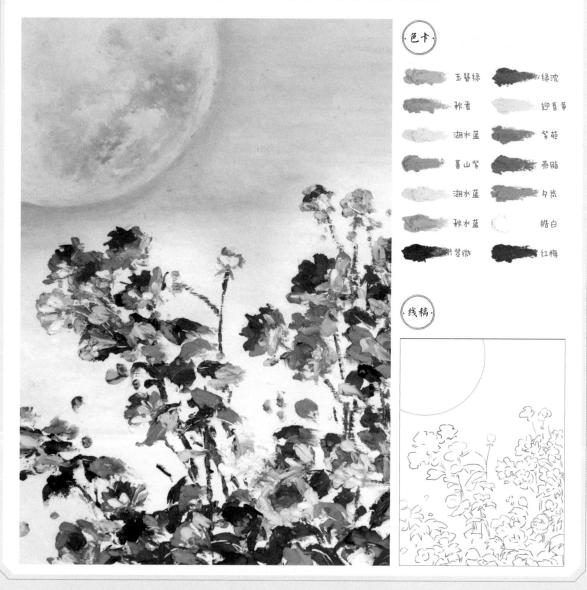

·色卡·

玉簪绿　　绿沈
秋香　　迎春萼
湖水蓝　　紫苑
暮山紫　　燕脂
湖水蓝　　夕岚
秋水蓝　　皓白
翠微　　红梅

·线稿·

临摹印象派作品的要点　日出印象

临摹名画的重点在于还原色彩和笔触，临摹时需对原画进行主观的取舍，保留其最主要的画面特色，比如色彩或者笔触，而不是百分之百完全还原，比如下图中阳光在水面倒影的笔触和远处物体轮廓的笔触均被保留了下来。

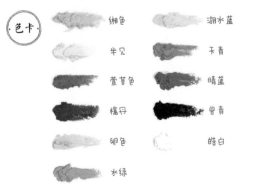

色卡

缃色		湖水蓝	
半见		天青	
萱草色		晴蓝	
檎丹		曾青	
卵色		皓白	
水绿			

线稿

利用色彩来区分画面空间 *浪漫花田*

如果画面多以色块进行过渡衔接，没有特别细致的形态刻画，此时就要注意利用色彩的明暗和色相变化来表现空间的变化。比如下图前景里的花田是饱和度较高的粉绿色调，而远山则用偏灰的蓝灰色表现，天空从前往后蓝色越来越浅，这都是在用颜色进行空间的过渡。

色卡

浅云	钴蓝		
皓白	柔蓝		
油菜花黄	绿沈	湖水蓝	
柿	水绿	桃夭	
夕岚	翠缥	霁青	

线稿

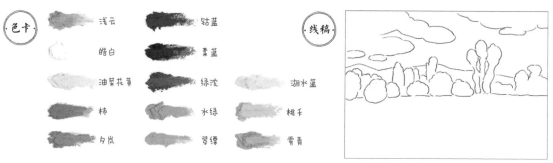

绘制烟花的要点　夏日烟花

表现烟花的时候，要注意其火花的方向均是从中心发出的，且越靠近中心火花越短、数量越多，越到周围火花越细长，且会有向地下飘落的动态。在绘制的时候可依据此原理来添加火花，才不会让画面显得杂乱。

·色卡·

天青

皓白　　晴蓝

缃色　　钴蓝

柿　　　曾青

青窣　　檀丹

·线稿·

立体效果的表现 少女心愿

直接用油画棒也可以涂画出立体感。下面这张作品先用粉色系的油画棒画出云层的形状，再用天蓝色涂画天空。云朵上第一层的粉色可能厚度不太够，此时可继续用油画棒直接往上堆叠颜色，加强其立体感。同理，水面也是用蓝色和白色堆叠绘制而成的，涂画时一定要注意油画棒颜料落在纸面上的厚度。

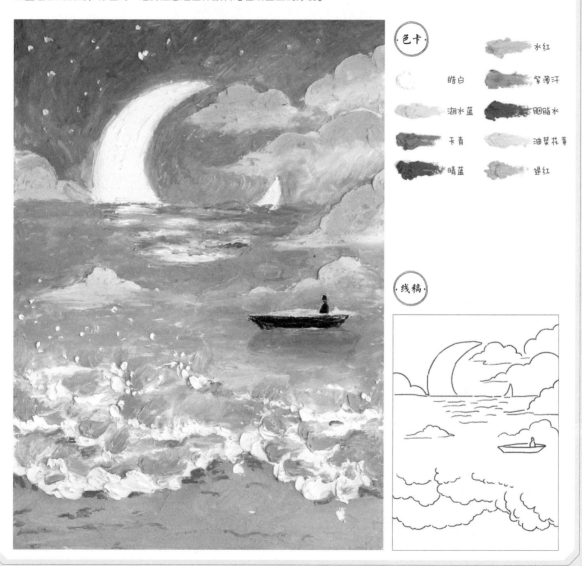

色卡

水红

皓白

紫藕汗

湖水蓝

胭脂水

天青

油菜花黄

晴蓝

褪红

线稿

用刮刀调整树木形状　皓月当空

在绘制近景的树丛时，可先用不同颜色的油画棒画出高低、大小不同的树木，再换用刮刀调整其形态，让树丛中间透出一点天空的颜色，避免下部画面太沉闷，同时也能让树木的形状看起来自然一些。

色卡

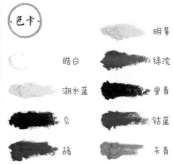

	明黄
皓白	绿沈
湘水蓝	曾青
乌	钴蓝
赭	天青

·线稿·

连续性画面的绘制 夏日天空

下图是三张放在一起的作品，为了加强其连续性，一般会使用相同元素作为串联，比如这里选了白云作为连接元素，只是每张画面里云层的占比会有一定的变化，同时加入其他的元素来加强画面的故事表达。

· 线稿 ·

色卡

 皓白　 晴蓝　 湖水蓝　 霁青

 玉髓绿　 柿　 栀薁